Coordenação editorial: Pedro Lago e Pedro Rocha
Diagramação: Anna Dantes, Pedro Lago e Pedro Rocha
Revisão: Autor
Desenhos: Cabelo
Foto do autor: Anna Dantes
Logotipo da coleção: Lili Kemper
Impressão em offset: Papyrus Gráfica e Editora
Impressão em serigrafia: Alternativa Serigrafia
Costura: PRJ Encadernações e Acabamentos Gráficos Ltda.
ISBN: 978-85-86488-42-9

O selo LábiaGentil é o encontro de
Pedro Lago, Pedro Rocha,
A Gentil Carioca e Dantes Editora,
inspirados por Waly Salomão e Ericson Pires.
Impressos quinhentos exemplares nas gráficas
da Zona Portuária do Rio de Janeiro.

EXPERIÊNCIA DO CALOR

Pedro Rocha

Desenhos
Cabelo

Índice

"O amor brilha"
"Somos sempre nós"
"O Tecelão segue"

Ericson Pires

dedico a Ericson Pires
meu irmão, meu amigo
que esteve em tudo comigo,
e continua, em muito mais
e também neste livro.

saudade é mato: cresce em qualquer lugar

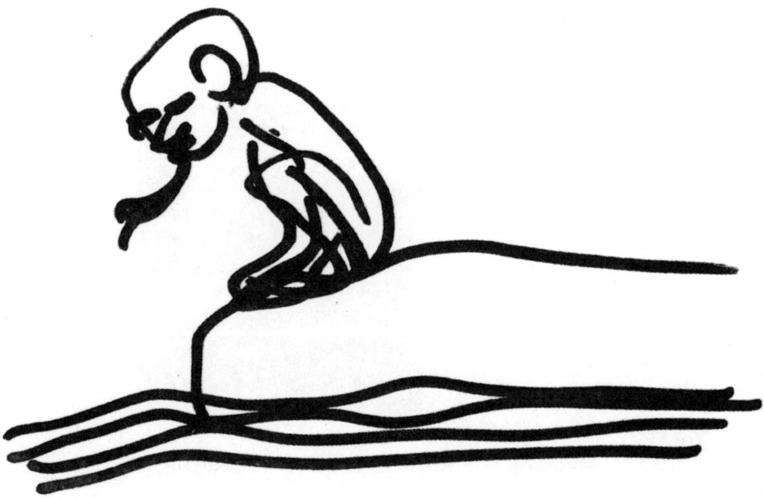

Poema para um Poema

Certos trabalhos exigem desembaraço

e um poema
certeiro assim como esse
deixa uma mancha
na imaginação.

Essa mancha
é uma janela
encharcada de imagens grávidas.
É uma plataforma de lançamento lúdico,
palco de circunstâncias exageradamente felizes.

Quando o mar
já era mar
a terra não passava de uma rocha   nua.

Ela não pôde paralisar-se com o encantamento
disso

e o poeta desfez um enigma
construindo um mirante
diante de um nó,
e o mais importante
é que a resolução de um problema   nele,
nos leve tão adiante.

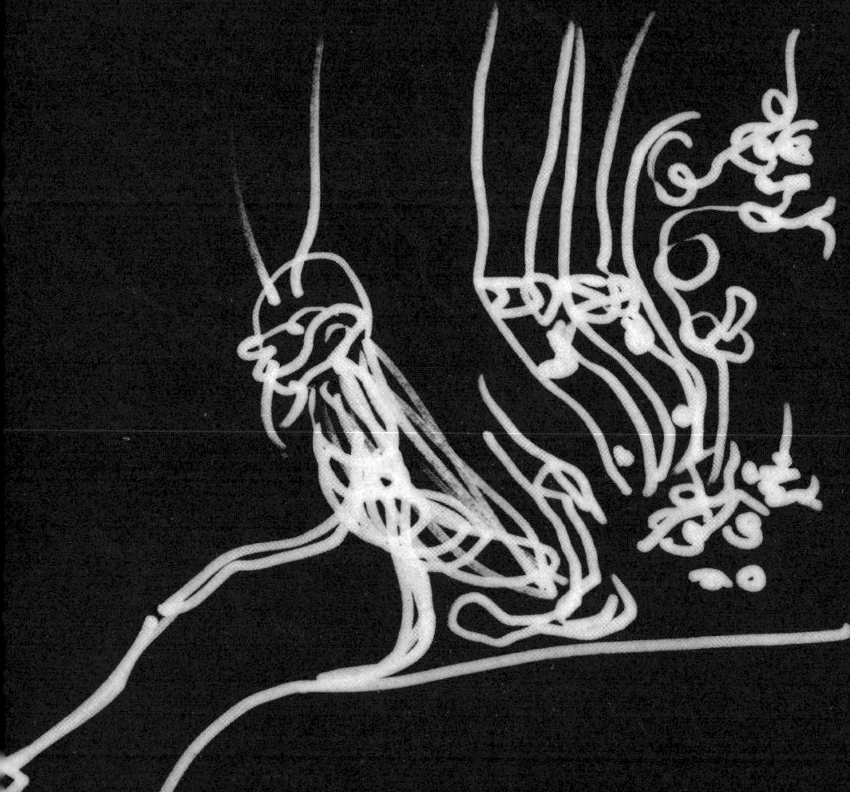

CEP 90

Quando eu tinha dezesseis
e vendia salada de fruta no posto 9
dentro de uma metade de abacaxi,
o Guilherme Zarvos me fez um desafio:

– Tá vendo esse laranja
esse vermelho, rosa, amarelo,
verde que rega a areia
que entorpece o mar
que vai pra todo lugar
que tinge a sua barriga?

Você tem que saber por que isso acontece.

E o Serginho, que comia essa areia
e o Fabiano e o Paulista
e o Guiga e o Leo e a Carol Parrot
e a Carol Moura e o Michel e a Tracy
e a Leca o Tamur o Alexandre Monstro
o Momo o Mike o Montanha o Dado o Cabelo
o Beto e mesmo o Ericson que não estava,

estavam todos
conduzindo
aquelas cores

com seus rostos de medalha
e seus braços estirados
dentro da luz salgada

e ainda assim não era suficiente
a metáfora.

Guilherme dançava
e era como se criasse
ali uma tecnologia
que assimilasse
essa intensidade.

– Eu te dei uma folha inédita,
agora fudeu, não era pra isso.
Vamos pro baixo gávea!

Homem do Peito Aperto

O homem do peito aperto,
trepado na própria réplica
assiste pálido
seus presságios
passarem diante
de seus olhos.

O homem do peito aperto
aparece mais cedo
que o combinado,
e ninguém percebe.

O homem do peito aperto,
não tem presença.

O homem do peito aperto,
desamparado
está apaixonado,
mas é pecado.

– Homem do peito aperto, deixe-se ser viado!

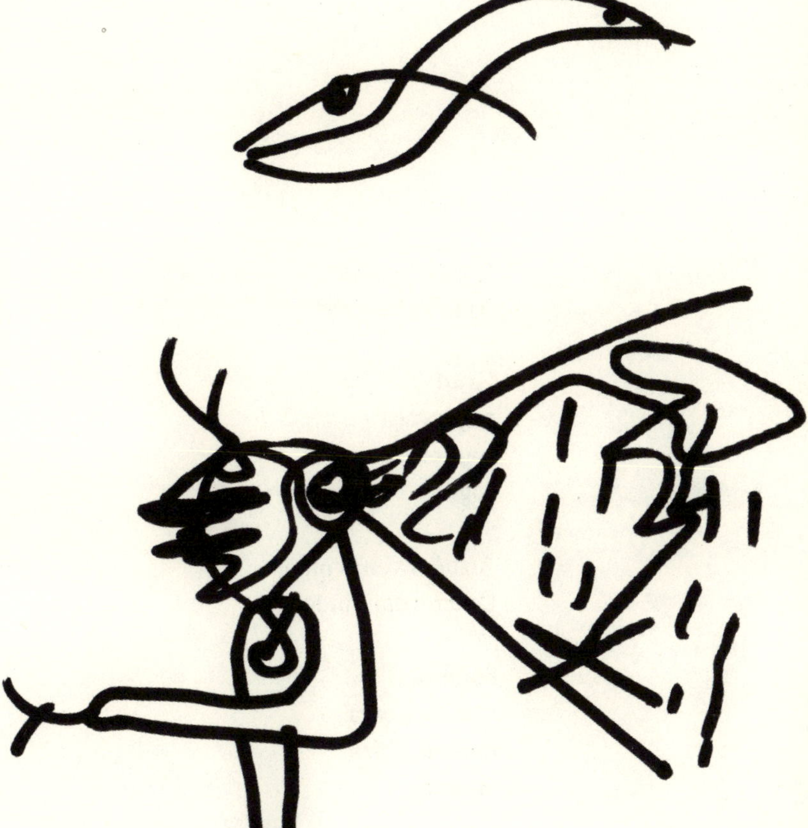

Idiolowtec

Quem na vala?
Alguém na vala!

Grito
roga praga
roga praga
roga.

Alguém vem vindo!
Quem vem vindo?

Sombra
mostra a cara
mostra a cara
mostra.

Chama
Vela
Vaza

Mira Caça
Pele Brasa
Anjo
perde a asa
perde a asa.
Perde

a linha. Perde
a vez a fala,

Boca

Tá cercada
Tá cercada.

São Paulo Interior

Esse cheiro da
cana

nesse campo desgra-
çado,

esses olhos queimados,
esse cheiro do sumo,
ouro do solo,

entranha-
do
do sofrimen-
to,

cheiro sacana.

A cana
é um pau gringo
que escurece a terra por
dentro,
que faz do homem

(O homem é mais que cana. Dentro dele existe o sim e o não, ele pode pintar a Guernica, pode reivindicar sua liberdade.)

A cana
inverte
inventa
o boia fria.

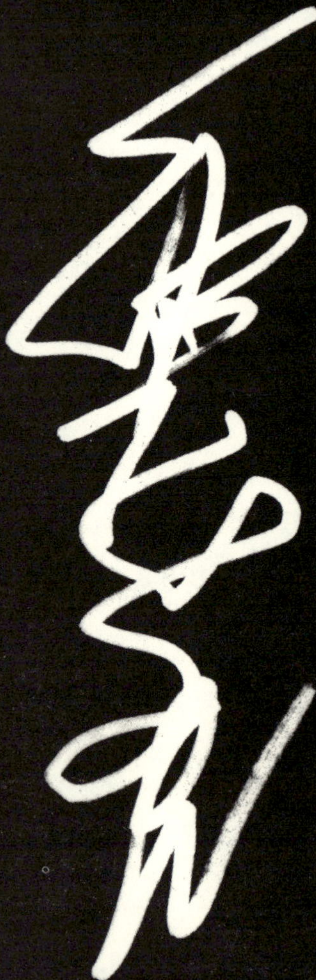

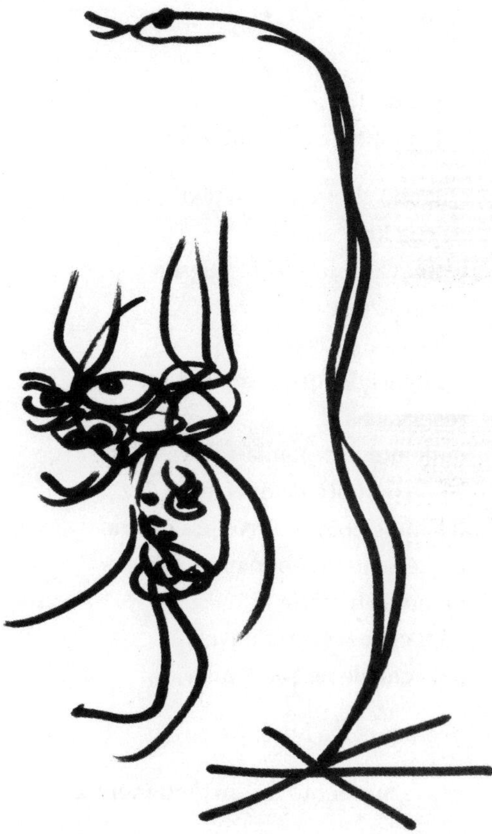

Rodésia 34

Segunda-feira
4 de junho de dois mil e doze.

Quando chegava num taxi
na rua Rodésia 34
e olhava, com a vista salgada
os cartazes e garrafas
e livros e discos
e a bancada formada por 4 mesas
reservadas
onde numa segunda-feira
25 de outubro de dois mil e dez
levamos nossos livros pra chuva
e que acabou sendo mais uma
na nossa história
com cenas inacreditáveis
pela cidade de São Paulo,

nessa mesma hora,

nesse momento de enfrentamento,

o telefone talhou uma mensagem:

Miguel Jost 21:26
Ericson citado no jornal nacional.
Filho do Tim Lopes falou: – Eu quero citar aqui uma
frase do poeta Ericson Pires
"Aquele que escreve é também aquele que é escrito"

E choveu como chovera

e eu fiquei ali
bebendo outras
sem discutir com ninguém,

sem aquela voz
    "não me deixa sozinho!"

sem aquela voz
    "vamo embora daqui"

sem
    "tá horrível"
    "tamo fudido, mas que se foda!"

O que eu preciso saber
é o que eu faço com essa frase:
    "Não me deixa sozinho, não me abandona!"

que eu escutei tanto!

Mesmo que a água furiosa
na batucada da lataria dos carros

Tudo Igual na Rodésia 34

Hoje uma mulher me deu seu rosto de monstro.

Não a conhecia não houve palavra.

Só mão e corpo,
corpo no corpo

soco na boca.

Hoje
5/6/2012
uma mulher
cerrou os punhos
justamente no lugar do espaço
em que meu rosto

(mais precisamente
minha boca)

tomava para si.

Naquele ar
que estava por fazer parte
da minha respiração,
uma mão
empurrou o sopro.

Dente dentro do lábio
rasgando.

Obrigado
mulher do sopro na boca.
– Sua maluca!

Obrigado
mulher certeira
sorrateira da esquina
quinando meu beiço.

Que beijo
jeito mais
aflito

flerte
troglodita

atrito
tosco
nos tombos.

É São Paulo
junho de 2012.
Tudo igual
na mesma mercearia São Pedro,
Bortolotto de rabo de olho.

Tudo da mesma
na marcha
maneira de se comportar
em público.

Só você

Ericson Pires

destilando os sucos
das bananas
e uvas
sobre seu corpo
cimentado numa
gaveta do Catumbi,

não me acompanha mais.

Não toma conhecimento
da agilidade cotidiana,
do som desse ônibus
elétrico
que atravessa meu
corpo,

como deveria
atravessar
meu corpo
o som
da sua
voz
falando
comigo
agora.

Meu corpo,
atravessado
da sua
urgência

e livre

de toda dor.

Margot Marnada

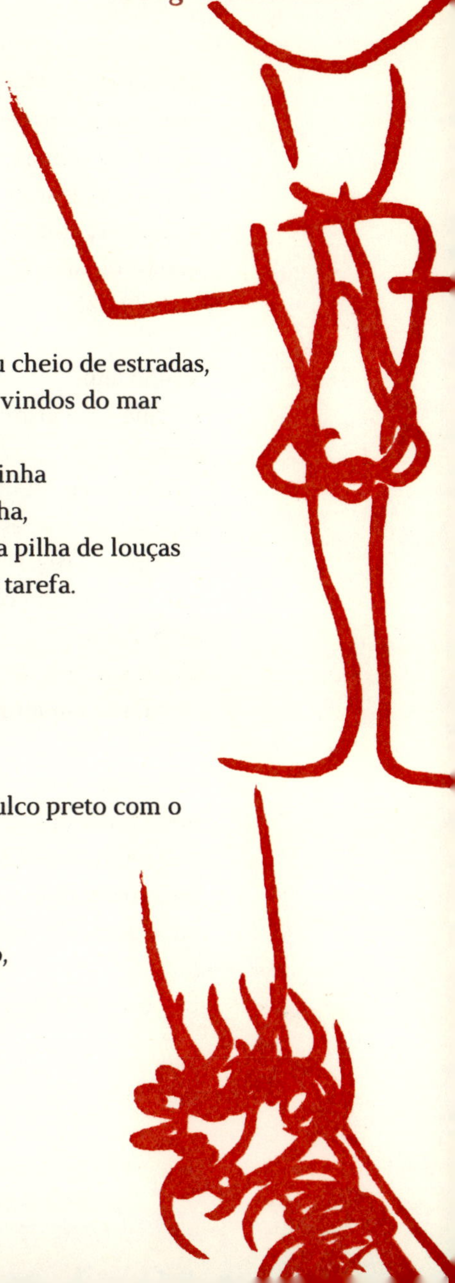

Meu corpo acordou cheio de estradas,
presentes em latas vindos do mar
numa outra época,
na foto de uma cozinha
na parede da cozinha,
onde eu lavava uma pilha de louças
sem o peso de uma tarefa.

Luz na vitrola,
Cores e Nomes.

E uma voz,
soou no atrito do sulco preto com o
metal da agulha.

E um nome,
atrelado a um rosto,

fez-se presente
naquela manhã
já tarde de 2011.

Minha amiga Margot Marnada
brutalmente assassinada,
amarrada numa cadeira,
um tiro na cabeça
e tantos requintes
que infelizmente sei
do tribunal.

Venho aqui
porque é preciso
dizer
que isso não está resolvido.
Essa morte não está morta
e é sim um sentimento de revolta
que me volta ao corpo
pelo atalho
que esse disco do Caetano
trabalhou em minha sala.

Meus amores,
desculpem minha ira
se alguma hora falo alto
ou perco o tato
em alguma discussão.

Estou atravessado,

levo uma tragédia
pinçando um nervo.

Me permitam esse texto sinistro
descuidado.

Esse poema
franco
        a-
        tira-
        dor

varal das minhas fragilidades.

Banho Pilado

Era noite naquela
tarde
e eu me andava
pro tempo
de estrear uma nova
amiga.

Naquele bar de estrada,
naquela parada da família,
das famílias que têm carro
e vão a Petrópolis
Friburgo
Teresópolis
Juiz de Fora.

O que acontece
é que dentro de um acontecimento
aconteceu alguma realmente coisa
e que desexistiu o que estava.

Uma labareda
dentro da roupa
como um telefone que toca,
na hora errada?

Um amigo, que chora
por um outro amigo
que exaspera um exagero.

O que quero dizer, inteiro
é que esse, o do exagero
está agora andando pro tempo.

Seu rastro deixa um rasgo,
uma calha que vejo
e que conduz
e que inaugura
em qualquer calçada
um riacho de lágrima.

Não deveriam deixar
que gente perdesse gente assim
como esse.

Que uma criança
tenha dois pais
acontece
e pode ser

mas essas crianças
não podem perdê-los (os dois)
em menos de um mês,
sendo que um deles
com o requinte
de ter sido carbonizado
trancado
no próprio
quarto.

E que o telefone, que
toca e queima
a coxa dentro da roupa
com essa
notícia,
seja
a polícia
dando a luz
a um órfão.

O que quero dizer, aos pedaços;
é que continuo chorando
contigo, Pedro.

Que eu te entendo
todo momento
e que por muito menos
essa história também é minha.

O Quão Bonito um Ser Pode Ser?

10/04/2006

Aqui, a dor, a questão, a exclamação, o que clama, não é o clã em desfalque. Não é a falta que um ente da família (porque mesmo em minhas circunstâncias, meu avô, mesmo sendo ele sem nenhum laço a figura, o sistema, o organismo, que talvez mais despertasse simpatia em mim. Mesmo tendo eu tentado muito pouco. Mesmo tendo ele tentado quase nada, em sua timidez. Ou pior, em sua impotência, em sua poda. Ou pior, em sua pressão. Ou pior, em sua prisão. Ou pior.

Mesmo que sentíssemos, do fundo de nossa distância, uma alegria imensa em sermos um a continuação do outro e uma profunda pena em não realmente nos continuarmos. Mesmo sentindo esse estreito infinitamente separado, um rio que sabe que existe outra margem só por se saber rio, mas que se parece mesmo um mar, como o Amazonas e todo seu leito turvo e sua margem oculta por sua foz, que do outro lado não vê nenhuma imagem, que não escuta nenhuma voz mesmo que ninguém nem chame em nenhum dos lados, mesmo que nem mesmo pare a beira e tente enxergar. Meu avô era um membro dessa intriga, um personagem desse drama: família).

Mas não é isso, (a morte que subitamente funciona dentro de um esquema de vidas). O que morde, é um rumor grave de algo enorme como um navio lento, rebentando seu casco numa geleira. Sufoca um naufrágio num escuro. O que furta a órbita do dia é a água gelada, a assassina, paralisante, a que te ausenta, te força calada.

Eu entrava no banheiro (pra tomar banho de água) quando o telefone soou. O enigma aberto no aparelho: Pai. Mesmo tendo eu uma filha, me fez desentender o signo desse nome e mesmo sem a resposta atendi e era ele, o meu Pai. Me dizia que cumpria um protocolo, mas era como se não precisasse, como se não fosse para ser do interesse:

– O seu avô morreu essa madrugada e só porque você tem o direito de saber, mas não tem nenhuma obrigação, você não precisa ir lá; ele está em casa e vai ser enterrado amanhã, capela 7, São João Batista, 9 horas.

– Você está aqui?

– Não, e não vou estar.

Eu, que segundo meu pai, não sou filho dele, sou um filho roubado dele pelo útero de minha mãe, fui à casa, onde o morto, já não estava. Já havia sido levado o corpo para sua última morada.

A avó, sentada.

– Quem é você?

– Seu neto.

A acompanhante demorou a entender que meu pai tinha um outro filho, já que ela estava inteirada por fotos da família, dos filhos de meu pai e dos filhos deles, e me perguntou (naquele quarto e sala em Ipanema):

– Onde você mora?

– Leblon.

– E nunca vem visitar o avô...?!!

– Essa história é um pouco mais triste do que um neto que não visita o avô.

– Sou do primeiro casamento.

– Vó, essas flores brancas, são para fazer mais tranquila essa passagem. Pra trazer, e estão trazendo, paz pra essa casa. O meu avô agora, está experimentando a liberdade.

E eu, sem saber de nada da vida que ele teve, sem mesmo saber o que ele fazia em horas vagas ou ocupadas, sinto mais leve essa rede, essa constelação pesada.

É que um de nós deu um passo à frente, à cima e nos ajuda, em terra, a caminhar na horizontal. Abre-se uma janela nessa antiga usina fechada.

Menos Teu

Meu amor me
deu uma flor
no peito esquerdo.
Uma flor
especial,
rubra

como a rosa de Maiakovski.

Presságio

Coral secreto
num fundo de mar bravo,
me dando tanto doce
mesmo me mandando embora.

De nada importa
se o tempo parece demora,
na verdade me invade
mesmo assim.

Esse mosaico
em que vou
arrumando você
é prelúdio
desse carinho de mãos no rosto.

Os passos passeiam
quando não pensam no caminho.

Tá tudo aqui.
A água não vai acabar ainda.

A calma nos colhe,
se preciso.

Olha esse colchão,
nesse chão,
manchado de delírio!

Último Ato

A qualquer momento

essa porta se abre e uma

fogueira de um metro e setenta

entra.

A qualquer momento

meus olhos

nos cabelos de prata.

Experiência do Calor–Jardim só Flor

por mim
por todos
por tudo

Diante do Jardim só Flor,
meu tumulto mudo

silêncio na avenida das
Américas

e o escândalo sonoro e opaco
do medo de perder minha vida
ao lado daquele
homem nome de telefone.

Quinze do dois de dois mil
e doze,
dezessete horas:
"As Viagens de Gulliver"
com Jack Black
"Lope"

"Um Parto de Viagem"

Arroz, canela e uma flor
que ninguém soube
o que era
e era anis estrelado.

Sobe a rua o jipe verde
tremulando nos paralelepípedos.

Ar frio
e no som
alto
dentro
soa,
com certeza algo
de que ele se orgulha
e pensa em mostrar aos seus.

– Onde está, nos meus dedos, o livro que
já tenho escrito
na cabeça sobre o Waly?

– Onde está meu não formalismo se fermento, há
anos, a sirene de um poema longo?

– Esse buraco cavando minhas mãos de floreiro!

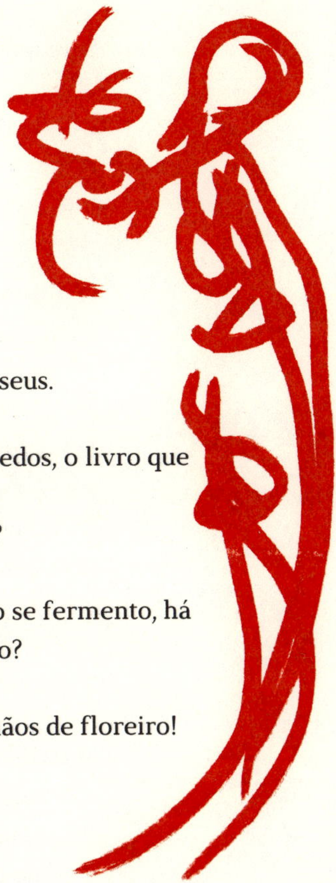

Seis e meia.
(medo)
Seis e trinta e seis.
(tenho medo)

Sete horas.

Depois de tanto
já não podendo
toca o telefone em Vitória.

O jipe verde
vai quase sozinho
até a Barra.

O Flamengo cede o empate.
R10 é um fiasco.
Ridícula essa tentativa de drible,
nunca fora desarmado tão fácil.

Seu Gervásio e Dona Alzira
o levam para a emergência
diante daquele jardim só flor,
de dois em dois.

Que coisa estranha
sem você, na casa do Dani
dia 20/2/2012.

Estávamos todos ali,
Eu, Amora, Gabi, Pedro Lago,
Fabrício, Ralph, Daniel, Vitor,
Miguel, Leca, Omar
testando a tua ausência.

Foi até lindo, até legal.

Mas você, meu camarada...

é que não sabíamos muito bem
como fazer as ações, ou o que
realmente
dizer
que não teria
tua reação imediata.

Acaricio esse
caderno
tentando
encontrar
com
o
concreto

o agora

Ainda no primeiro hospital,
onde um enxame se fez presente
em meio ao carnaval de dois mil e doze.
Pra onde muitos escolheram,
ou não tiveram escolha,
onde o único lugar
em que poderiam estar,
o único que faria sentido
ter o corpo presente
preservando,
forçando uma recuperação sua,
ainda lá,
levei aquela caixa de livros
que você deixou no meu carro,
que não vendemos em São Paulo
(vinte e cinco de outubro de dois mil e dez)
e dei ao médico, às enfermeiras, ao atendente,
aos do plantão, à servente, a algum amigo que ainda não
tinha:

– Olha, esse livro é desse cara que está aí.
Ericson é o nome dele. Ele é muito importante pra muita
gente. Por isso que tem tantos aqui. É que não é só um
amor enorme. É uma escolha de vida.
Essa vida que se vive junto desse.

E num desses livros
colamos todos nossos adesivos
com nossos nomes, data e a palavra
visitante, família, acompanhante.

(Não sei agora onde
restou esse Pele Tecido.)

Uma tarde dessas,
na hora em que se podia entrar
                                        de dois em dois,
acabei só contigo
por alguns minutos
e te disse perto do ouvido
segurando seu ante braço :

– Meu irmão, eu te amo pra caralho!
Você vai ficar bom, vai sair daqui
e a gente vai ficar muito junto.

E, mesmo sedado, você entreabriu os olhos
me olhou e fez alguma palavra que

– Calma broder! Calma Ericson! Calma meu
irmão!

Espanto!
Como você podia estar
tentando falar?
Poderia acordar?
O abdómen aberto!
Era pouco o sedativo?
Era certo?
Era sua força, sua resistência?

Saí
do leito e fui ficar descalço na grama, no sol
no Sol
no Sol
entre aquela passagem de carros
e a porta de vidro
que nunca vira tanta gente
tantos dias
por tanto
significado
que pode carregar
um único cara.

Desespero.
Mão rasgando o próprio rosto.
Grito sem garganta que
corresponda.

Depois disso,
passamos a explicar
tentar dizer
o que estava
o que era aquilo
e que estávamos ali com tudo.

Já no Pedro Ernesto,
o radinho que
ganhei de aniversário
de minha filha ficou
ali. Pilha reserva
esperando.
O que fosse
que pudesse
ser de alguma forma
o remédio
que não estava funcionando.
Aquela febre que não parava.

Numa manhã muito cedo
sol ainda frio
o telefone tocou em casa.

Da cama até a sala
eu quase não precisava
atender
pra saber
o teor

– Pedro, é o João. Nosso irmão...

Não lembro como fui.

Quando pousei a palma
da minha mão na sua
testa do seu corpo já
morto e quente ainda
foi como se tocasse meu
próprio corpo
tão meu que é seu tato
essa testa que tanto.

Meus companheiros,
meus animais, bichos,
estou sozinho.

Preciso de enorme
silêncio
pra ficar
comum.

Estou realmente dizendo
adeus,
tão breve
frio.

Não consigo estar com
calma,
com aquele corpo
meu corpo
na gaveta de
cimento.

Estou indo
devagar
querendo
morrer.
Preciso morrer um pouquinho
já.

Tenho outra história dentro dele.

O último diálogo foi:

– Te amo.
– Também te amo.
(e um beijo no rosto)

antes disso:

– Até amanhã. Ah não, amanhã não.
Você vai estar ensaiando com a Ava
na hora do 1º jogo do Flamengo
na Libertadores...

– Te ligo depois.

Ouro Preto

São Paulo
Fortaleza

Santiago total

Montevideo demais

São Paulo de novo

mais São Paulo

Montevideo muito mais de novo.

Tantas vezes,
doido de dor
apertou meu braço
e despejou sussurro
no meu ouvido:

– Não me abandona broder!
– Não me deixa sozinho...
– Só restou eu e você.

E agora meu irmão?
Como é?
Como vai ser?

Quinze do dois de dois mil e treze.
Há um ano
nosso Sol começava a se pôr.

Mas seu calor continua
em nossos corpos de dança
de fuligem e de folia.

Tua ausência é esse sol
ardendo nossa carne
gritando no azul do céu
na luz tão clara
explodindo nas retinas.

Ainda acordo pensando
ainda durmo pensando
ainda tenho teu tato tanto

as mãos pequenas
inacabadas

e vez ou outra
durante o dia,
uma pergunta

um comentário
uma opinião
uma reclamação.

Mermão!

Não ficou só muita coisa pra se viver junto em suspenso
amarrada a esse silêncio imposto.

É preciso resolver
aquelas paradas com
a Rádio Mec
com a 7Letras
com nosso espetáculo.

O livro que você escrevia sobre o desembrulh0
o festival internacional
que íamos meter no Rio,

meter os livros no carro
e sair.

Quando você me levou pela Urca
logo depois de morrer,
me levou pelos canais alagados
de uma Urca que inventamos
até sumir
cheio de explicação,

Quando você fez esse gesto,
foi a inauguração
desse novo espaço
esse seu de 17/3/12
pra frente.

Essa cidade sua
em que você me levou
e varou uma esquina
cega de luz.

A vida é essa desde então.

Um ano atrás
de madrugada
eu comia num bar de
esquina:
Frango à milanesa,
arroz, feijão e batata frita.
O prato tinha acabado de
chegar quando o telefone tocou
ligando Vitória ao Erre Jota.

Amanhã
eu te vi na emergência ainda.
O médico de plantão
me deu um tapa nas costas
e disse:

– É... tá difícil...

Não que eu não entenda
mas queria entender
o porquê de ontem de um
ano atrás
você ter insistido tanto em me ver!
Saindo do Santos Dumont,
do quiosque da Lagoa no
aniversário do Ramon,
me ligar tantas vezes
e dizer que precisava me ver,
que iria onde eu estivesse!

Pra onde

eu

agora

vou

se

me

der isso?

Essa urgência
de irmão?
Quanto tempo ainda
isso dura?

Não sei por que,
quando o caixão se abriu
na capela do Catumbi
e entramos quase juntos
eu e o Julhinho,
e pus a mão na sua testa
e era quente!
Não sei por que você
guardou essa radiação!

A gente ainda não
entendeu
o que é isso.

A gente:

Eu, Dani, Botika, Amora, Lago, Ava, Cutz, Mariana, Ciça, Raissa, Nana, Vitor, Luis Andrade, Levi, Dahmer, Miguel, Gabi, Arjan, Ana Avelar, Beto, Alessandra, Fabiane, Ana, Marcia, Tina, Justo, Regina, Emiliano Dantes Augusto Liu Monjope Fabrício Amelie Vinicius Maurição Guilherme Toné Chacal Michel Teixeira Eber Dado Cabelo Paulista di Napoli Paredes Barea Valeria Tavinho Fausto Arnaldo Manuel Noéli Hector Scott Tatyana Paula Dri Sergio Rodrigo Nilsão Paulinho Jorge Rui Mac Inácio Cascardo Qinho João João Luiz Camila Saddam Silvio Letícia Daniel Mariano Mike Samir Felipe Tatiana Jojo Joana Guga Vogler Ivana Júlio Paulo Zé Luciana Marieta Omar Domingos Negalê Braga Gomide Boy Bambu Soraia Ligia Marília Nina Marcelo Roberto Shala Línox André Otto Serra Pablo Gisah Eliska Mirna Laurent Alessandro Nicola Marinho Tracy Rafael Ana Maria Isabel Márcio Ricardo Artur Júlia Carlos PedroRicardoMatiasBobLauraFabianaClaudia-SuelyLibarLuzMariaTantãoFlávioRonaldNetoCezinhaMartha-CaíqueHenriqueSilviaTungaRamonOswaldoPatríciaRitaFábio-AlexandreJulianaLeoBrunaLeisleBelLecaJarbasemuitosainda

a gente ainda não sabe
se é isso mesmo
se a vida segue sem você

O Tecelão Segue

(Esse poema foi escrito durante um ano, entre os quinze de fevereiro de dois mil e doze e dois mil e treze. Nunca pareceu suficiente e não será. É preciso ainda dizer muita coisa, sempre. Talvez ele continue, mas aconteceu de chegar aqui e de repente a porta do poema se fechou.)

Talho no Autor

Tem um cara, que me atende sempre na padaria onde vou tomar café da manhã, umas 3 vezes por semana, e que ficou meu amigo. Dei um livro meu pra ele. Ele leu e sempre me pergunta dos trabalhos: peça, show, livro, performance. Ele diz: "vou aparecer uma hora dessas, gosto muito da sua arte." Não sei como, uma vez o assunto chegou no interior de Pernambuco, mais precisamente na cidade do Mestre Salustiano, que eu conheci e viajei junto e que é conterrâneo dele; Airton, é o nome dele. Ele ouve Gonzaga do Nascimento Júnior e diz que todos na padaria desdenham do gosto dele! Que ele gosta é de novela... "que nada, eu gosto das coisas declaradas e rasgadas, gosto desse sentimento todo!"

Muito bem, flamenguista como eu, preocupado com o futuro da nação, seguimos desfrutando dos seguidos debates sobre os problemas e as devidas soluções dentro das quatro linhas.

Passei algumas semanas sem aparecer. No início desta, sento-me no balcão. "Fala Airton, tudo certo?" "Fala Betão, andou sumido! Senti sua falta. Vamos de quê? Uma média e um pão na chapa?" "Beleza..." Respondi ainda alarmado com aquele nome usado para referir-se a mim. Veio o pedido. "Taí Betão, no capricho!" O evento que este desjejum causou em minha identidade me obrigou a ir tomar café na padaria já na manhã seguinte: "Betão, que alegria te ver por aqui de novo..." Conversamos mais, sob meu olhar incrédulo. Ao pedir a conta: "Até mais Betão, lembranças pra Amora! É Amora o nome da sua esposa, né?" " é... é..."

Não pude deixar de aparecer na manhã seguinte: "Betão!!! Você nunca foi tão assíduo! Média e pão na chapa?" Como que querendo sugerir uma mini revolução ou mesmo um simples questionamento sobre se as coisas iam realmente bem, disse: "quero um capuchinho e uma broa de milho com queijo minas a parte" "Grande Betão, parece que hoje você está inspirado..." Comi, respondendo ao meu amigo apenas com interjeições meio desatentas e sem força em emitir alguma opinião autoral. Pedi a conta. "Tchau Betão, aparece amanhã?" "é..."

Manhã seguinte, ontem, "Betão! O de sempre ou hoje você está com alguma ideia nova nessa imaginação de poeta?" "Ehehe o de sempre." Olhar fixo na máquina de expresso. "falou Betão, te espero amanhã!"

Manhã de hoje. Airton animado: "Opa! Deixa comigo!" sento-me. "Não é pra qualquer um não, viu? Pros amigos a gente não deixa por menos. Amigos não são muitos e os que a gente tem, a gente deve cultivar." Meu anfitrião de todas as manhãs, leitor dos meus livros e entusiasta do artista, que me proponho a ser, perante o tijolo de plasma que se proclama mundo, me traz uma média em xícara fumegante, com uma espessa espuma branca de leite no cume da louça, onde, em calda de chocolate de confeiteiro, lia-se: Beto.
Airton sorri satisfeito de sua mesura.
Fico muito tocado com a ternura e vou embora sentindo-me um impostor, um ladrão de afeto, olhando em volta sem saber ao certo se algum outro ali presente teria mais cara de Beto, e que servisse de superfície onde eu pudesse esparramar o inconveniente nome Pedro.

POSFÁCIO

Vitor Paiva

E ainda assim não era suficiente a metáfora

O poeta precisa escrever. Menos que isso. O poeta precisa falar. Menos ainda. O poeta precisa sentir o poema. Ou quase nada. O poeta precisa poder olhar, esquecer o nome das coisas, o que são e pra que servem. Mas não como um delírio, distante da realidade, que sirva somente para embaixadinhas literárias e o triste exibicionismo solitário das orelhas de livro. O poeta há de ser o kamikaze dos soluços, o homem-bomba das gargalhadas, o bode expiatório do pelotão de fuzilamento do coração. O poeta há de ser o mínimo.

Chegará o dia em que as bulas de remédio, os manuais de instrução e as recomendações médicas serão todas poemas, sobre isso não há dúvidas. Enquanto esse dia não chega, do alto do prédio do meu mais puro idealismo, nem me falem em heróis: triste do povo que precisa de poetas. Contudo, no fim do mundo, que reste um. Um último, e ele será o primeiro – e, ainda assim, não será suficiente a metáfora.

Quem já decantou o olhar com os poemas de Pedro em seus livros anteriores poderá se sentir sem chão ou ar ou casa ou marido ou cachorro ou bateria ou dinheiro ou partido ou coração ou alma ou sentido ou direção nesse novo livro que vos fala. Ledo engano.

Experiência do Calor é um livro sobre a falta. Mais que isso. É um livro que experimenta a falta. Ainda mais. É um livro que devolve a falta ao leitor – tipo de ofício essencial que só o poeta exerce. Ou quase tudo. Precisamos da falta, pois só somos mesmo o que somos nas "coisas findas" de Drummond, naquilo que não mais temos e que não poderemos jamais recuperar. Se é triste o povo que ainda precisa de poetas, mais triste ainda é o que não os tem – ou não os vê.

A própria consciência de que a vida é pouco e de que, por isso, precisamos deles, é a falta essencial que guia Experiência do Calor – a certeza que grita por trás do que pode haver na vida de mais pragmático, factual e nítido. A necessidade de se viver a experiência de um poema é uma carência sem sintomas, que só apresenta seus efeitos quando já foi suprida. E o resto é o pouco da vida: a falta de dinheiro, os debates de mesa de bar, o futebol, até mesmo a música, a literatura. Até mesmo a morte do amigo.

Essa falta essencial que grita por debaixo de todos os textos não é traduzida aqui, no entanto, como um mero verniz invisível sobre o que poderia ser chamado de estilo. É sim um compromisso: o desejo de trazer para o livro não somente o olhar refletido do poeta, e sua capacidade de transformar pedra em mundo, mas o próprio instante em que a vida perde a fala. Em que ela se mostra pouca, como se o autor pudesse pegar o leitor pela mão e leva-lo a caminhar por uma compilação do que há de mais real. A metáfora jamais será suficiente, logo, vejam como foi. Sintam. Assistam a tentativa – necessariamente vã – de se traduzir o inominável. Será um efeito químico? Elétrico? Átomos que dançam de um jeito que não somos capazes de ver? Ou será uma coisa sobre a qual ainda não sabemos nada? Será uma coisa?

Assim, arrisco dizer que Experiência do Calor quase não é um livro de poemas, mas sim, de fotografias. Sem legenda, de um fotografo sem câmera, mas com papel e caneta, que escreve e, através da mão de Cabelo, também desenha – ainda que pudesse aqui me perder em outro parágrafo só para levantar a hipótese de que as imagens do Cabelo são, na verdade, poemas. Em Tudo igual na Rodésia 34, Pedro nos oferece pistas desse tipo de passeio a que nos propõe:

"Hoje
5/6/2012
uma mulher
cerrou os punhos
justamente no lugar do espaço
em que meu rosto
(mais precisamente minha boca)
tomava para si"

Quase como se o soco viesse como apêndice do livro. Em cada leitor, um novo murro no rosto. Em seguida, ainda no mesmo poema, mais uma pista, bastante definidora: "Não a conhecia não houve palavra".

Passear pela dor de alguém é aceitar esse alguém como um guia confiável para passearmos por nossas próprias dores. A honestidade, portanto – ou o desejo dela – em expor seu sofrimento mais simplório, mais específico e nítido é a lei que rege o acordo velado dessa Experiência. E a falta essencial aqui é a dor principal de se estar vivo. É olhar para a morte com um olho, para a vida com o outro, e se perguntar o que são – é querer guardar os mínimos detalhes do que pode nos levar não a compreender, mas sim, a significar toda a vivência de uma perda. Teria cheiro, sabor, som, e claro, calor, se o livro permitisse.

"Minha amiga Margot Marnada
brutalmente assassinada,
amarrada numa cadeira,
um tiro na cabeça
e tantos requintes
que infelizmente sei
do tribunal.

Venho aqui
porque é preciso
dizer
que isso não está resolvido.
Essa morte não está morta".

"Meus amores,
desculpem minha ira
se alguma hora falo alto
ou perco o tato
em alguma discussão".

Nessa árvore de fotogramas da vida real, não é só a dor de não haver mais vida em um corpo que ainda se ama que se apresenta como fruto. Na canção O Ciúme, Caetano Veloso ilumina a sensação dessa coleção de ausências da qual somos todos prisioneiros, e sobre a qual o poeta sente, diante da dor inevitável, o impulso incontrolável de saltar: "Na voz que canta, tudo ainda arde. Tudo é perda, tudo quer buscar. Cadê?".

No entanto, Experiência do Calor tenta traduzir esse 'tudo' pelo mínimo, pelo detalhe, fora da metáfora, para que o poema possa continuar a respirar.

"(..) atendi e era ele, o meu Pai. Me dizia que cumpria um protocolo, mas era como se não precisasse, como se não fosse para ser do interesse:

– O seu avô morreu essa madrugada, e só porque você tem o direito de saber, mas não tem nenhuma obrigação, você não precisa ir lá; ele está em casa e vai ser enterrado amanhã, capela 7, São João Batista, 9 horas.

– Você está aqui?

– Não, e não vou estar.."

Diante disso, a fotografia mais importante desse livro é sem dúvida o poema que o batiza. A Experiência do Calor – Jardim só Flor é o texto que significa essa compilação. Tudo que já foi dito aqui e mais o próprio jeito e talento de Pedro para a escrita, formalmente, estão lá. Mas principalmente se faz presente a tentativa, nesse caso nada vã, de se fazer um poema novo - não com a pretensão anacrônica de se querer reinventar um estilo literário, mas sim, com a necessidade de reinventar a própria vida, a maneira de ver e de desenterrar o que há de poesia, e até mesmo de decidir sobre onde essa poesia está, e qual cara ela terá, quando a violência dos fatos deixa de respeitar quem somos e o que queremos.

Quem conhece o Pedro sabe que nele, em primeiro lugar, está o seu olhar e seu humor de poeta. E quando se perde um amigo da maneira que foi para ele - e para todo um organismo feito de gente a perda do Ericson – não é possível que o poema continue o mesmo. No lugar de lutar contra essa transformação tão dolorida e sem cabimento, Pedro pega carona no sempre sem rumo direcionamento que a vida faz questão de nos impor, e usa o poema como um diário de viagem. Para quem amava o Ericson, o Jardim só Flor é redentor e, ao mesmo tempo, cruel – um cafuné que se faz até sangrar. Imagino que, para quem não o conheceu, seja também uma experiência forte, de delírio e ainda reconhecimento, feito um espelho fosco no qual vemos nosso rosto sem definição, mas que sabemos que por debaixo da nuvem está a nossa perfeita imagem.

Vale dizer que esse compromisso com a experiência para além do estilo ou da literatura – o tal lugar onde a vida, que é pouco, sempre se impõe sobre a metáfora – não reside meramente no fato dos poemas serem eventualmente descritivos ou no pouco uso suposto da metáfora como recurso – nada disso verdadeiramente importa. O livro é repleto de metáforas, belas imagens, humor esperto e poemas formais como os tantos que Pedro já vêm fazendo desde Onze, sua primeira publicação. Mas aqui que mais importa é o cheiro, o som, o sabor que quase se sente mas que não pode estar no poema – é o espaço em branco que o leitor preenche. Mais uma vez, a falta, a ausência se afirma como a voz do livro.

Quando terminou de escrever o Jardim só Flor, Pedro gravou sua própria voz o lendo, e enviou para os amigos mais chegados, que ainda sofriam o frescor da morte – todos eles citados no poema. E entre as mais diversas vozes, pôde se perceber a tal certeza do poema como uma experiência nova de saúde, que não pretende curar nem solucionar coisa alguma, mas que oferece continente para um conteúdo amorfo e devastador.

O livro de poemas não é nem nunca será um talão de cheque, um bloco de receitas médicas, muito menos um guia de viagem ou um manual de instruções. Mas pra quem puder admitir que o único caminho possível é se perder completamente na precisão absoluta das ruas e na matemática irrepreensível dos fatos – ou onde mais guardamos o coração que não na boca, nos olhos, na palma da mão? – Experiência do Calor e a própria convivência com Pedro oferecem a certeza do amor e do poema como os melhores guias para os dias sempre chuvosos do sol a pino.

LÁBIA GENTIL

poesia tecida

polinizações cruzadas

é na gira que nasce o lugar rodando

Rio de Janeiro, dois mil e quatorze.